RÉFLEXIONS

SUR

LA NOBLESSE DE NOS JOURS.

PARIS,

CHEZ STAHL, IMPRIMEUR-LIBRAIRE, RUE GALANDE,

N° 63.

1818.

PRÉFACE.

VOLTAIRE qui traitait de cuistres, de goujats, de canaille, les malheureux auteurs nés dans la roture, et qui se prosternait devant les Rois, les Impératrices, les Grands Ducs, les Ministres, les Gentilshommes de la Chambre et les favorites ; Voltaire qui n'avait pour amis que des nobles ; qui appelait le duc de Richelieu son héros, et la marquise Duchâtelet son ange ; Voltaire a dit par ellipse :

« Qui sert bien son pays, n'a pas besoin d'aïeux (illustres). »

Ces mots, *qui sert bien son pays*, méritaient d'être notés ; cependant beaucoup de gens qui ne servent point leur patrie, et même qui la desservent de leur mieux en y semant des germes de haine et de division, en concluent qu'il est indifférent d'avoir pour père un honnête homme ou un fripon, ou même de n'en pas avoir du tout.

Dignes élèves d'un autre philosophe (Rousseau) qui, par mépris des préjugés, mettait ses enfans à l'hôpital, ils affichent une horreur profonde pour toutes les distinctions sociales, et, comme lui, ils sont consumés de jalousie, de haine et d'envie ! A défaut de suprématie politique, ils veulent usurper la suprématie littéraire : abjurant toute espèce de légitimité, ils se disent les enfans d'Apollon; mais le dieu du goût, le dieu qui préside aux monumens durables, repousse des audacieux n'offrant pour titres que des pamphlets et des ruines.

Les philosophistes du 18e siècle n'ont attaqué sérieusement que la religion; assis à la table des grands, partageant leurs fêtes et leurs plaisirs, jouissant auprès d'eux d'une extrême familiarité, ils auraient eu mauvaise grâce de les accuser de fierté, d'oppression et de tyrannie. Beaumarchais est le premier qui ait outragé ouvertement les Nobles et les Magistrats. Quelques années après, il échappa avec peine aux échafauds dressés par le peuple. Cet exemple ne découragea point les hommes de lettres de sa trempe. Ceux-ci firent le procès des Rois, des Reines, des Papes, des Prêtres, des Bourgeois, des Négocians, des Marchands, etc., etc.; et après s'être élevés, par ce moyen, aux premières fonctions publiques, ils invoquèrent l'ordre et le repos qu'ils ne purent trouver:

Au bout d'une période de vingt-cinq années, des êtres aussi malfaisans, mais moins habiles qu'eux, ont repris la plume; ils ont exhumé, refait, rajusté les longues tirades des révolutionnaires de 89 et de 92. Cuirassés de pamphlets bleus, blancs, rouges, orange et couleur de bile, portant à la main une bannière sur laquelle sont tracés les mots: *Licence*, *Anarchie*, ils sont descendus dans l'arène.

Leur troupe légère et active se recrute en grande partie de jeunes gens que le même goût rassemble, que le même espoir séduit, et que le même appetit entraîne!... Tous les matins, ils se réunissent chez certains imprimeurs et libraires en renom. Là, après avoir réglé le prix de leurs diatribes de la veille, ils demandent quel est le préfet qu'il faut dénoncer, le Ministre qu'il faut attaquer et le mauvais citoyen qu'il faut défendre. Quand le mot d'ordre est donné, chacun se sépare et va déjeuner au café qui lui fait crédit. Le soir, ces messieurs se rendent à heure fixe dans une tabagie ou dans un billard pour se communiquer leurs dénonciations, leurs réfutations et leurs justifications. Les plus huppés, après avoir vidé un bol de punch, élèvent, sans hésiter; leurs bons amis au conseil-d'état ou au ministère, tandis que leurs camarades moins enivrés des vapeurs de la bière, se contentent de renverser un directeur et de chasser un général. Enfin, l'heure du spectacle arrive; les uns, munis de billets d'auteur, courent applaudir une mauvaise pièce de parti qu'ils sont convenus de trouver excellente; et les autres, jaloux de connaître les vastes ressorts de la scène du monde, s'empressent d'étudier la politique et les mœurs dans un cabinet de lecture ou dans les galeries du Palais-Royal.

Ces politiques imberbes, étrangers aux goûts et aux plaisirs de la jeunesse, comme aux affections et aux sages maximes de l'âge mûr, ne sont jamais plus satisfaits que lorsqu'ils peuvent dérouler aux regards du public une longue série de malheurs, de fléaux et de désastres. Pour eux, l'approche du printemps est une calamité; alors, plus de naufrage ni de disette à retracer; plus de Pairs ni de Députés à dénigrer; plus de régicides à justifier et à plaindre! Déjà je vois le temps où le départ des étrangers, où le retour de l'ordre et de l'abondance les réduira à la cruelle nécessité de se taire. Combien d'entre eux sont dans ce moment aux expédiens pour remplir leurs feuilles éphémères, et combien de ces feuilles qui, malgré le fiel et la boue dont elles sont imprégnées, ne pourront résister au soleil ardent du mois d'août! Si c'est un malheur, il faut nous y préparer, car tout s'use, tout se dénature et tout périt. Demandez à MM. A*** et P***, ce qu'ils ont fait de leur esprit, et à MM. J*** C*** et D***, ce que sont devenus leurs principes? Les premiers vous diront que leur génie, semblable à la lave, qui brûle, mais se refroidit promptement, a été éteint tout à coup par un déluge de sarcasmes et de fines plaisanteries; les autres, s'ils sont francs, vous avoueront que leurs résistances ont fléchi, comme celle de Danaë, sous une légère pluie d'or..... En vain, quelques pamphlétaires, en désespoir de cause, ont provoqué les arrêts de la police correctionnelle, afin d'acquérir une certaine célébrité; le récit de leur mésaventure a faiblement occupé l'attention publique, et leur renommée d'un jour est venue expirer dans un modeste feuilleton.

Parmi les adversaires de la Noblesse, il en est un dont je ne puis me dispenser de parler. Si on n'a rien à redouter de son âge et de sa vigueur, on sera du moins effrayé de la pesanteur de ses armes. Ce sont deux gros volumes in-8° de 400 pages, à peu près, et portant pour titre: *De l'Esprit révolutionnaire de la Noblesse, etc.* Ce courageux champion, escorté d'une bande de soixante-trois auteurs qu'il nomme probablement pour la forme, reprend l'histoire des Nobles depuis le commencement de la monarchie jusqu'à la fin de la session de 1816. On voit qu'il a de la marge et peut choisir les matériaux qui lui conviennent. Néanmoins, cette compilation aussi lourde que fastidieuse, ne nous fait connaître que la malignité et le peu de jugement de l'éditeur. Dénaturant les événemens, expliquant leurs causes à sa manière, il se donne beaucoup de peine pour nous prouver que pendant douze siècles, certains nobles ont commis des erreurs, se sont rendus coupables de fautes graves, et même de crimes odieux. Il attaque avec acharnement des gens qui avaient à lutter contre l'ignorance et les préjugés du temps, contre le prestige du pouvoir et l'entraînement des circonstances ! Mais, par une insigne mauvaise foi, il passe sous silence tous les hauts faits, toutes les actions utiles et glorieuses de ceux qui n'ont point participé aux mêmes égaremens. Si ce compilateur était dans l'âge des passions et de l'effervescence, on pourrait lui pardonner ses déclamations virulentes ; mais la connaissance qu'il doit avoir acquise de la Révolution et de ses doctrines trompeuses, les places qu'il a occupées, les bienfaits qu'il a reçus de Sa Majesté (on assure que le sieur G***, jadis employé aux relations extérieures, jouit d'une pension considérable), le rendent tout-à-fait inexcusable.

Le petit écrit que je soumets aux esprits raisonnables et impartiaux, n'est point une réfutation du long factum du sieur G*** ; je n'ai point compulsé l'histoire, c'eût été une folie de répondre à une compilation par une autre. Je me suis borné à tracer quelques réflexions auxquelles la Charte, la raison et la politique doivent prêter leur appui. Il n'entre point dans les intentions du gouvernement de laisser avilir tour à tour les différentes classes de la société ; il ne peut souffrir que des écrivains faméliques ou dépravés, après avoir fait le procès des Nobles, entreprennent celui des Magistrats, des Militaires et des Commerçans, ce qui serait tout aussi facile. J'ai pensé que, malgré l'état de licence où se trouve la presse, il valait mieux faire ressortir les talens et les vertus de ses concitoyens, que de les traîner dans la fange; c'est au public à prononcer lequel, du sieur G*** ou de moi, s'est montré le meilleur Français.

RÉFLEXIONS

SUR

LA NOBLESSE DE NOS JOURS.

La Charte a reconnu la Noblesse ancienne et la nouvelle; cette disposition du Législateur, approuvée ou censurée suivant les intérêts divers, n'a pas produit l'effet qu'on en attendait sans doute. La Noblesse, jadis honorée et puissante, n'a point recouvré la considération que la révolution lui a enlevée. La perte de ses priviléges, en opposition avec l'esprit du siècle et la marche des événemens, a rendu la conservation de ses titres illusoire ; et la concession qu'on lui a faite, n'a contribué qu'à la placer dans une position fausse et dangereuse. Les nombreux pamphlets publiés depuis la restauration contre *la Caste Nobiliaire*, le prouveraient suffisamment, si ce n'était déjà une vérité malheureusement trop palpable.

Cette classe de Français, contre laquelle les soi-disant philosophes de nos jours se déchaînent avec tant de violence, a des torts impardonnables à leurs yeux; non-seulement celui d'avoir acquis une longue illustration, d'avoir possédé d'immenses richesses, mais le tort bien plus grand de vouloir retenir une partie des emplois qu'ils prétendent, malgré le principe de l'égalité, s'approprier à eux seuls *). Tel est le véritable état de la question que le parti révolutionnaire veut résoudre à son avantage, en représentant à peu près tous les Nobles comme ennemis des lumières et de l'ordre de choses actuel; comme imbus de sots préjugés, de faux principes et de maximes antilibérales. A l'entendre, les Nobles n'ont jamais été que des tyrans, des imbéciles et des fanatiques; jamais, depuis vingt-cinq ans, un trait de grandeur d'âme, de générosité ou de patriotisme n'a germé dans leur cœur, et, après s'être montrés pendant des siècles les rivaux et les ennemis de nos Rois (*), ils sont devenus les plus cruels oppresseurs du peuple! Voilà, si je ne me trompe, le résumé succinct de toutes les brochures qui ont paru, depuis les *Révolutions de Paris*, de sanglante mémoire, jusques au *Nain Jaune* et aux *Lettres Normandes*.

*) Certains pamphlétaires se plaignent périodiquement de ce que la Noblesse obtient tout, envahit tout: cependant, que l'on consulte l'Almanach Royal, on y verra que les Nobles ne possèdent les places éminentes que dans un nombre relatif, et que, si quelques emplois honorifiques semblent leur être plus particulièrement réservés, en revanche, ce sont des personnes nées hors de la classe des Nobles qui exercent les fonctions les plus lucratives. Qu'on examine surtout les ministères, les directions, les tribunaux, etc.

Les hauts emplois de l'armée étaient restés en 1814 entre les mains des titulaires, dont la plupart n'appartenaient point à l'ancienne Noblesse. Si les événemens du vingt mars ont apporté du changement dans cette partie, il ne faut s'en prendre qu'à la force des circonstances. On ne peut reprocher aux Nobles de s'être présentés pour remplir des places où il reste encore de l'honneur à acquérir, mais où il n'y a plus de fortune à gagner. Au reste, là comme ailleurs, l'équilibre est rétabli, ou le sera bientôt.

(*) *Voyez* en réponse les faits historiques qui terminent l'ouvrage.

Sera-t-il permis à un Français qui n'est animé que du désir d'éteindre les haines et de faire triompher la justice, de dire son avis sur la Noblesse et à la Noblesse? Je l'espère; la Charte a consacré la liberté des opinions, j'use de mon droit.

Les fastes de la Noblesse, parmi un grand nombre de pages glorieuses, offrent sans doute quelques taches et quelques souillures; mais les belles actions, les talens, les vertus et les services qu'ils retracent, l'emportent de beaucoup sur les fautes, les erreurs et les excès que la malignité s'empresse de signaler à la génération actuelle. Comme on l'a déjà observé tant de fois, les crimes ne peuvent être imputés qu'à quelques individus méchans, ambitieux et cupides; tandis que les traits de valeur, de dévouement, d'héroïsme, ont été l'apanage de la majorité.

Les actions glorieuses de la Noblesse, racontées par des historiens presque tous nés hors de son sein [1]), étaient si bien établies dans la mémoire des hommes, qu'avant la révolution qui a bouleversé toutes les idées d'équité pour y substituer l'esprit de parti, on ne s'était jamais avisé d'en contester l'éclat et l'authenticité. Ce n'est que lorsqu'il a fallu justifier des excès de tous genres, qu'on a dénaturé les actions les plus louables, les caractères les plus généreux, qu'on a transformé la fidélité en crime et le devoir en trahison.

Depuis que le perfectionnement des institutions politiques a fait un devoir à chaque état de créer et d'assurer l'unité de pouvoir, le système de la féodalité a dû

[1]) Dupleix, Le Gendre, le Père Daniel, Mezerai, Millot, Vely, Garnier, Villaret, Anquetil, Fantin Desodoards, etc., etc.

disparaître; les Nobles, de rivaux dangereux des Rois, sont devenus leurs simples sujets, et toutes les fois qu'ils se sont écartés du nouveau rôle que la révolution des âges leur avait imposé, ils ont mérité d'être regardés comme des factieux et d'être traités comme tels. Fidèle interprète de la vérité, l'histoire, au lieu d'excuser leurs révoltes et leurs intrigues, doit marquer éternellement du sceau de la réprobation ceux d'entre eux qui ont favorisé les prétentions des princes étrangers, alimenté les discordes civiles, protégé ou soudoyé des conspirateurs obscurs : mais combien ne serait-il pas injuste d'exiger qu'elle rayât de ses annales les noms glorieux des défenseurs du trône et de la patrie! Effacer le passé, c'est raccourcir la vie; c'est se priver volontairement de douces jouissances, d'utiles leçons, et montrer autant d'ingratitude que d'inconséquence. Par quelle inconcevable contradiction ornerait-on la mémoire de la jeunesse des faits peut-être apocryphes d'un Curtius, d'un Coclès, et lui laisserait-on ignorer le dévouement sublime et bien constaté d'un Bayard et d'un d'Assas? Je crois l'avoir deviné; les deux Romains, *quoique Nobles*, sont à une telle distance de nous, que leur illustration ne peut blesser l'amour-propre le plus chatouilleux, tandis que celle d'un Latremoille et d'un Montmorency importune continuellement certaines gens qui se disent Français par excellence. Qu'ils s'en consolent en pensant à l'éclat que ces noms célèbres ont imprimé à nos fastes, et surtout à l'émulation qu'ils peuvent encore inspirer. Pour apprécier sainement les institutions politiques du peuple dont ils ont entrepris la régénération, qu'ils consultent son origine, ses mœurs et ses usages; ils verront que souvent ce qui leur paraît un préjugé ou un abus dangereux, est le produit de l'expérience et de la sagesse des siècles. Parmi ces abus, les philosophes modernes se sont empressés de signaler la hiérarchie des pouvoirs et la distinction des rangs. Quelle est la société, cependant, qui pourrait exister sans ces deux puissants mobiles? Un Roi et des paysans ne sont point un peuple, de même qu'un général et des soldats ne sont point une armée : si cette vérité ne peut être contestée, pourquoi donc s'indigner qu'il se trouve des classes intermédiaires dans un gouvernement bien constitué, et une distance marquée entre le trône et l'échope? Malgré les systèmes fallacieux publiés depuis un quart de siècle, les hommes de bonne foi de tous les partis ont fini par convenir que la Noblesse était nécessaire, et même indispensable dans une monarchie telle que la France; cependant, administrateurs et administrés ont agi comme s'ils pensaient le contraire. Tous se sont obstinément refusés à l'entourer de l'estime et de la considération dont elle a tant de besoin pour se consoler de ses maux et de ses pertes. Les brochures diffamatoires, les caricatures, les anecdotes controuvées ou exagérées, ont été répandues avec un zèle, une profusion et surtout une facilité incroyables [1]). Quel motif allègue-t-on pour avoir le droit de mettre la Noblesse non pas au niveau, mais

1) Pour le prouver, je ne conseille pas de lire, mais de parcourir si on en a le courage : *le Censeur*, *les Lettres Normandes*, *l'Homme Gris*, *le Post-scriptum*, *la Bouche de Fer*, *le Courrier du Midi*, *le Don Quichotte moral*, *le Surveillant*, *le Propagateur*, *les Paquets*, *les Ballots politiques*, *la Revue*, *la Férule* et vingt autres pamphlets dont l'existence atteste la licence de la presse.

Heureusement que le bon goût, plus fort que les lois, a déjà fait justice de la moitié de ces écrits somnifères.

au-dessous des autres citoyens? On lui reproche sa conduite passée, c'est-à-dire qu'on l'accuse d'avoir sacrifié son sang et sa fortune, de s'être condamnée à un long exil pour défendre une cause qui n'était pas celle de tous les Français. Quand cela serait exact, quand il serait vrai de dire que la cause de la monarchie n'est pas intimement liée au bonheur et à la tranquillité de la France entière, devrait-on blâmer les Nobles du dévouement qu'ils ont montré, des sacrifices immenses qu'ils ont faits ! Chaque état a sa morale, ses devoirs et ses règles de conduite. Le juge et le petit-maître, le poëte et le banquier, le soldat et le séminariste ne peuvent ni penser, ni agir de même; ainsi, la classe privilégiée qui entoure le trône, qui en reçoit journellement des honneurs et des bienfaits, doit se conduire d'après des principes de dévouement plus absolus et plus irréfléchis que celle qui n'en approche jamais. Ce que l'honneur lui prescrit aujourd'hui, lui était également commandé en 1791; et l'on ne peut, sans une extrême injustice, blâmer les motifs qui ont paru pendant quelque temps la rendre étrangère aux intérêts de sa patrie. Au reste, que d'actions éclatantes, que de traits sublimes ont marqué cette époque funeste de notre histoire! Soit dans nos camps, soit sur une terre d'exil, les gentilshommes français ont manifesté un égal dévouement, un égal héroïsme; partout ils ont prouvé que chez eux la valeur est héréditaire. On n'a point oublié que les premiers généraux qui conduisirent nos armées à la victoire, étaient sortis des rangs de la Noblesse. Tandis que Custine franchissait la frontière du Nord, que Dagobert s'élançait vers les Pyrénées où il trouvait une mort glorieuse, que Kellermann protégeait la capitale contre une invasion étrangère, les Gouvion, les d'Hautpoult, les Canclaux, les Daboville, les Latour-Maubourg, etc., etc. [1]) s'illustraient par de brillans faits d'armes. Plus tard, lorsque le décret injuste et impolitique qui chassait les Nobles de l'armée, fut rapporté; lorsqu'il leur fut permis de rentrer dans cette brillante arène où leurs ancêtres aimaient tant à vivre et à mourir, celle des combats, on distingua encore à la tête des plus braves guerriers de l'Europe, les Macdonald, les Davoust, les Lariboissière, les Nansouty, les Marescot, les Colbert, les Montbrun, les Lauriston, les Périgord, les Ségur, les Girardin, les Dalbignac et mille autres dont la gloire a proclamé les noms.

Sur une terre malheureuse, mais à jamais célèbre, que les hommes impartiaux de nos jours ont déjà jugée comme elle le sera par la postérité, d'autres dangers, d'autres combats enfantèrent des héros d'une autre espèce. Des gentilshommes presque ignorés, du moins à la cour, des descendans de ces anciens preux qui ne quittaient leurs châteaux que pour aller combattre les ennemis de Dieu ou ceux de leur Roi; des braves et loyaux Français enfin, injustement flétris du nom de gentillâtres, s'immolèrent à la cause royale avec l'enthousiasme de l'honneur. Quel dévouement que celui qui n'est excité par aucun motif d'ambition, par aucun

[1]) Il est impossible de citer dans une simple brochure tous les officiers distingués que l'on comptait dans les armées françaises à cette époque; je me contenterai d'ajouter à ceux que j'ai désignés plus haut: le général Dampierre, tué à la bataille d'Antrain; le général Deflers, mort sur l'échafaud; tous deux commandans en chef; les généraux de division d'Harville, Hédouville, Tilly, La Morlière, La Martillière, La Poype.

espoir de récompense, par aucune chance de gloire! Les Bonchamp, les Lescure, les Laroche-Jaquelein, les Delbée, les Charrette et les Marigni en ont donné l'exemple. Leurs triomphes, leurs honorables revers et leur glorieux trépas ont répondu aux indignes assertions de ceux qui ne veulent plus voir en France qu'une Noblesse dégénérée!

Peut-on parler des braves qui se sont illustrés sous les drapeaux des lis sans se rappeler aussitôt les modestes et valeureux guerriers de l'armée de Condé? (*) Avec un tel chef, sous les yeux de trois héros du même nom, dignes héritiers du grand capitaine, que n'auraient pas accompli ces preux chevaliers, si leur nombre eût été proportionné à la grandeur de leur courage! On les loue assez en disant que, condamnés par l'honneur à mourir sur le champ de bataille, et, par une loi barbare, à périr sur un échafaud, ils surent braver avec la même ardeur le glaive des guerriers et la hache des assassins. Si je retraçais les services et la valeur des Viomenil, des Damas, des d'Aumont, des Lachâtre, des Salgues, des d'Ecquevilly, des Laroche-Aymon, des d'Allon-

(*) Dans cette armée qui n'était pas assez nombreuse pour qu'on pût y donner des grades à tous les gentilshommes,

Les officiers-généraux étaient capitaines;

Les officiers supérieurs, lieutenans et sous-lieutenans;

Les officiers, simples soldats.

La plus grande union et la plus parfaite égalité (hors du service) régnaient entre les chefs et les subalternes. Dans la Vendée, on remarquait parmi les Nobles le même oubli des prérogatives du rang et de la naissance; tous obéissaient avec zèle aux Cathelineau, aux Stofflet; plus tard, les d'Autichamp, les Bourmont, les Châtillon, les Chappedelaine ont eu pour émules Georges Cadoudal et beaucoup d'autres braves plébéiens.

ville et des Bethisy, j'aurais l'air d'encenser le pouvoir; j'aime mieux jeter une fleur sur la pierre qui couvre le beau et vaillant Sombreuil; la tombe est sourde, mon hommage qui ne peut être entendu de lui, ni même de sa malheureuse famille, n'en paraîtra que plus désintéressé.

Pour compter tous les traits de vertu, de courage et de dévouement qui ont immortalisé la Noblesse française, il faudrait rappeler l'histoire entière de la révolution; c'est une tâche que je garderai bien d'entreprendre; je dirai seulement que les femmes, les vieillards et les enfans ont donné des preuves égales d'héroïsme. Ici, c'est le jeune Desilles qui se place devant la bouche du canon pour empêcher le carnage d'une soldatesque égarée, et qui périt victime de son zèle; là, c'est le vieux Loizerolles, arrachant son fils à une mort certaine en montant à sa place dans la fatale charrette. Beaurepaire préfère le trépas à la honte de rendre une place, qui pourtant est jugée n'être pas tenable. La femme du commandant de Longwy, modèle héroïque de l'amour conjugal, veut suivre son époux à l'échafaud; aucune charge ne peut motiver sa condamnation : « Vive le Roi! » s'écrie-t-elle; ce cri devient l'arrêt de sa mort! Un trait non moins sublime est celui de cette jeune Vendéenne qui se précipite dans les flots de la Loire pour ne pas survivre à sa mère chérie. Ses quinze ans, sa beauté, sa candeur, ont touché le cœur de ses bourreaux; ils veulent la sauver; elle rejette leurs offres; et voyant que l'encombrement des cadavres l'empêche de se noyer, elle leur dit avec calme : Poussez-moi plus avant.

A cette époque affreuse, des magistrats illustres, des

savans estimables payent de leur tête le crime irrémissible d'être restés fidèles à leur souverain et à leurs sermens. Des Prélats vertueux succombent en défendant la royauté et la foi dont ils se font gloire d'être les martyrs. Enfin, des jours plus prospères luisent sur la France; le Roi remonte sur le trône de ses aïeux; un gouvernement constitutionnel succède à une anarchie sanglante et à un long despotisme militaire. L'olivier de la paix fleurit sur le sol où croissaient jadis des lauriers trop chèrement payés. Des Français, accoutumés à la seule éloquence militaire, ont quitté l'épée pour revêtir la toge. En entendant prononcer leurs noms, en voyant les nobles cicatrices dont quelques-uns d'entre eux sont couverts, on croit qu'ils se montreront inhabiles à discuter les intérêts de l'Etat. Déjà quelques pamphlétaires ont déclaré que le génie, la sagacité et l'amour du bien public ne se trouvaient que dans leur parti, et tout à coup on voit briller à la tribune les Châteaubriand, les Levis, les Richelieu, les Fitzjames, les Bonald, les Villèle, les Corbières, les Dambrujeac, les Deserre, les LaBourdonnaie, les Castelbajac, les Montcalm, etc., etc.

Lorsqu'on a tant de noms glorieux ou recommandables à citer, tant de services de tous genres à rappeler à la mémoire de ses concitoyens, peut-on concevoir que des écrivains, qui se disent les seuls défenseurs de la gloire nationale, se plaisent à exhumer des archives sanglantes de nos discordes civiles des actes d'accusation contre une classe entière de Français! Doit-on approuver ou même excuser leurs intentions? Ce serait justifier d'avance les historiens qui oseraient accuser tous les Parisiens indistinctement des horreurs de la Saint-Barthélemy et des massacres de septembre! Au lieu de dérouler ces pages hideuses de nos annales, cherchons à les anéantir dans la mémoire des hommes; ne nous occupons qu'à rassembler les matériaux qui peuvent servir à élever l'édifice de notre gloire; ils sont nombreux et faciles à trouver. Les différentes classes de la société se sont illustrées tour à tour par des actions glorieuses et patriotiques. Le Clergé, la Noblesse, la Bourgeoisie et même les dernières classes du peuple ont eu leurs sages et leurs grands hommes.

Jacques Cœur, armant des vaisseaux à ses frais et déclarant la guerre aux ennemis de la France, servira à jamais de modèle aux commerçans que l'amour de la patrie enflamme! [1]). La veuve Leclerc [2]), mettant toute sa fortune aux pieds du grand Henri, égale, si elle ne le surpasse, le vertueux Sully qui vend ses bois pour soutenir la cause presque désespérée de son maître. Jeanne d'Arc, simple bergère, partage la renommée des plus grands guerriers de notre histoire, autant par la rapidité de ses exploits que par leurs résultats merveilleux, qui ont peut-être empêché que l'effigie du lion britannique ne souillât nos drapeaux, et que la langue

[1]) Dominique de Gourgues, dont la famille, depuis long-temps illustrée, subsiste encore aujourd'hui, a donné le même exemple de patriotisme. A la tête de trois vaisseaux qu'il arma à ses dépens, il fit une descente dans la Floride, et reprit les forts dont les Espagnols s'étaient emparés par trahison.

[2]) Madame Leclerc, veuve d'un tanneur de Lesseville, n'hésita pas à offrir toute sa fortune à son Roi, dans un moment où la disette d'argent l'exposait à perdre l'appui des troupes auxiliaires dont la plus grande partie de son armée était composée. Le gain de la bataille d'Ivry fut le résultat de cette belle action.

des soldats de Bedfort ne devînt celle du premier peuple de la terre.

La gloire de nos savans, de nos poëtes, de nos orateurs, n'est ni moins brillante ni moins solidement établie; le devoir de tout bon citoyen est de la rappeler dans ses écrits, de la faire revivre sur les monumens publics, ou dans les traditions de famille. Observant moi-même le précepte que je m'empresse de tracer ici, je ne terminerai point ces observations sans rendre un juste hommage aux hommes de toutes les conditions qui ont honoré le nom français pendant nos longs désastres. Quelques-uns ont été nommés plus haut. Je les avais choisis à dessein dans la classe de l'ancienne Noblesse, afin de réfuter les argumens dirigés contre elle. Maintenant je ne parlerai que des Nobles nouveaux, dont la plupart *) ont des droits également bien acquis à notre estime et à notre considération. Je place au premier rang les valeureux guerriers qui, nobles de fraîche date (pour me servir d'une expression consacrée), mais vieux de services et de cicatrices, ont trouvé leurs titres sur les champs de bataille. Personne n'osera leur contester ces parchemins empreints du sceau de la victoire. Cependant ceux qu'on a si souvent livrés à la dérision, avaient été obtenus également à la pointe de l'épée, payés avec du sang, et transmis au même prix de génération

*) Si je dis la *plupart* et non pas *tous*, c'est que personne n'ignore que le précédent gouvernement avait distribué les anoblissemens avec plus de politique que de justice. Combien de titres accordés à la place et non à l'homme! Que de barons dont l'illustration ne pénétrait pas hors de leur mairie, ou de l'enceinte de leur tribunal! On les a supportés, mais on s'en est moqué. Nous n'aimons, en France, ni les récompenses ni les punitions en masse.

en génération. Certes, il est beau de veiller avec zèle à l'exécution des lois, de faire fleurir les arts et le commerce, de protéger le faible, de secourir l'indigent; mais il ne faut qu'un esprit droit et un cœur honnête pour prétendre à ce genre de mérite. Il n'en est pas de même de la gloire des armes; elle exige de plus grands moyens et de plus grands sacrifices. Le magistrat et l'administrateur, occupés à discuter à table ou dans un salon les chances probables de la guerre, ne savent pas ce qu'il en coûte de soins, d'efforts et de dangers au général qui les maîtrise. Souvent ils le critiquent, le blâment; et cependant, lorsque des succès inespérés ont rendu la paix à leur commune patrie, les uns et les autres, pour des services bien différens, obtiennent les mêmes récompenses; le Souverain leur fait expédier des lettres de noblesse. Que l'on dise franchement s'ils ont tous mis des titres égaux dans la balance!

Quelquefois, je le sais, des guerriers plus heureux qu'habiles, ont usurpé des récompenses qui ne leur étaient pas dues. Ces cas sont rares. Quand un officier subalterne a été assez heureux pour décider le gain d'une bataille, cent mille témoins sont prêts à assurer ses droits: en vain le général voudrait se parer de lauriers qu'il n'a point cueillis; les soldats, plus francs que les bulletins, s'en vengeraient par un bon mot ou par une chanson grivoise.

Si la Noblesse militaire est la plus brillante, la moins exposée aux attaques de l'envie et de la malignité, ce n'est pas une raison de dédaigner celle qui s'acquiert par des services civils. L'homme généreux qui a sauvé son pays des horreurs de la famine, ou qui l'a préservé d'un complot dangereux; celui qui a immortalisé son nom par des découvertes importantes, par des traités avantageux ou des travaux utiles, mérite d'être signalé à la vénération de ses concitoyens.

A présent, que tout est mis en problème, que chacun définit à sa manière la raison, le devoir et la justice, il est bon de rappeler aux hommes corrompus ou égarés, que, pour diriger l'opinion publique, les gouvernemens ont besoin de deux mobiles impossibles à remplacer, la crainte du blâme et l'espoir des récompenses : le premier agit faiblement sur les âmes vulgaires, tandis que l'autre produit des effets incalculables sur les cœurs les plus généreux. Ces récompenses, malgré les tentatives qu'on a faites à diverses époques, notamment chez les Romains et chez les Français du 19e siècle, n'ont pu être acquittées avec les seules dépouilles des nations vaincues; on a été obligé d'y suppléer avec des valeurs idéales, des titres et des rubans. Espérons que ces titres, aujourd'hui presque anéantis par l'usage et par l'abus qu'on en a fait, reprendront tout leur prix, lorsque les personnes qui les ont obtenus sauront les faire valoir; je m'explique :

Les hommes, en dépit de la philosophie, aimeront toujours la pompe et la représentation. Buffon, qui était philosophe, savait combien on tire de relief d'un habit brodé; aussi ne paraissait-il jamais devant les paysans de Montbar qu'en costume de cour; et le mérite du grand naturaliste en était merveilleusement relevé à leurs yeux. De tout temps, une procession religieuse, une cérémonie profane et même un équipage à six chevaux, ont frappé l'imagination de la multitude; aujourd'hui, je ne voudrais point qu'on employât des moyens factices pour inspirer le respect et commander l'estime. Je désirerais que tous les nobles fussent convaincus qu'il n'est que trois manières d'acquérir une véritable considération, par ses vertus, par ses talens, ou par ses richesses. D'après ce principe, tout noble qui n'aurait pas un nom justement estimé dans les armes, dans les sciences, dans les arts ou dans la politique; qui ne se serait point distingué par des traits de dévouement, de patriotisme et d'humanité; *ou qui ne posséderait* pas un revenu suffisant pour vivre exempt d'humiliations, renoncerait à ses titres, c'est-à-dire, que sans y être obligé par la loi, il cesserait de se faire appeler comte, marquis ou baron. Cette disposition cesserait pour lui ou ses descendans, dès l'instant qu'ils auraient acquis ou recouvré *un des avantages précités*, sans lesquels un gentilhomme ne peut soutenir dignement sa naissance.

Quoi de plus triste en effet, de plus humiliant pour la Noblesse, que cette foule de malheureux se traînant dans les bureaux et dans les antichambres, et déclinant devant un peuple de railleurs des titres qui contrastent si fort avec leur misère! Souvent cette misère a une cause honorable; mais quand elle n'excite que la pitié et non l'intérêt, pourquoi faire soupçonner qu'elle s'allie à la vanité? Je me rappelle que les ancêtres des Nobles d'aujourd'hui portaient leurs armoiries brodées sur de riches vêtemens; mais je ne sache pas qu'ils aient jamais blasonné des haillons.

Nous avons vu en 1814, et nous voyons encore quelquefois de vieux officiers qui ont fait le plus grand tort à la cause qu'ils avaient vaillamment défendue jadis. Comment ne savent-ils pas que Mars suit les modes, et que depuis long-temps, pour courir plus vite sur l'ennemi, il a quitté les longues basques et la perruque à la brigadière? Vainement on m'objecterait que le mérite est indépendant d'un extérieur plus ou moins brillant; l'état actuel de notre civilisation ne permet point que l'idée de la prééminence civile ou politique soit séparée de celle de la richesse. Louis XVIII l'a reconnu sagement en exigeant que les Pairs du royaume érigeassent à l'avenir des majorats proportionnés aux titres dont ils sont revêtus. La Noblesse ordinaire n'ayant point, comme autrefois, la ressource des substitutions pour soutenir sa splendeur, il me semble qu'elle devrait chercher à y suppléer par tous les moyens qui peuvent augmenter sa considération sans blesser l'honneur ni la délicatesse. Voici ceux que je crois les plus propres à atteindre ce but.

Les grandes familles du royaume, par une sage économie de leurs revenus, et par l'accumulation des traitemens dont elles jouissent, tendraient à augmenter graduellement leurs propriétés territoriales. Une conduite mêlée de noblesse, de réserve et de bonté, serait le moyen dont elles se serviraient pour accroître leur influence et commander le respect. Des bienfaits sagement distribués, des encouragemens répartis avec largesse, et des paroles gracieuses dites à propos, contribueraient à resserrer non pas le lien de vasselage, mais celui de patronage dont les Nobles ont tiré souvent un parti si utile. Ce patronage que les ennemis de la Noblesse redoutent, ainsi que l'a prouvé la discussion de la loi sur les élections, ne peut produire que de bons effets lorsqu'il est cimenté, d'un côté, par les bienfaits, et de l'autre, par la reconnaissance.

Les familles d'un rang inférieur se conduiraient par

les mêmes principes ; mais les gentilshommes de nos jours, au lieu de se livrer à l'oisiveté ou à des occupations frivoles, acquerraient des connaissances positives en législation, en administration, et même en matières commerciales, afin de pouvoir justifier les faveurs du gouvernement, ou braver les caprices de la fortune.

Les unes et les autres contracteraient, suivant leur position respective, les alliances les plus convenables.

Ici, j'aborde une question difficile à traiter : la Noblesse peut-elle et doit-elle s'allier à des familles qui ne sont pas nobles ?

Si la Noblesse était une institution nouvelle, si elle était organisée de manière à maîtriser en tout temps les événemens, je dirais qu'elle ne doit prendre pour règle aucun antécédent, et ne point violer la rigueur de ses statuts qui lui défendent de s'allier à des familles non nobles ; mais elle a éprouvé de nos jours tant de modifications, elle se trouve dans une position si difficile, que je n'hésite point à poser en principe qu'il est beaucoup d'occasions où les alliances avec la Bourgeoisie peuvent avoir d'heureux résultats.

Un preux du 13e siècle, se promenant dans la galerie d'un de ses châteaux gothiques, et contemplant les portraits de ses aïeux à côté de ceux de leurs nobles épouses, aurait pu dire avec raison : « La fierté et le » courage qui brillent sur la figure de ces guerriers, la » douceur et la modestie qui embellissent les traits de » ces nobles châtelaines, me prouvent que je suis issu » de bonne race ; je saurai la perpétuer en ne m'alliant » qu'à une Demoiselle de haute lignée ! » Grâce à sa puissance, à ses richesses, à ses nombreux vassaux, il aurait pu, en effet, conserver sans tache l'illustratio qu'il tirait d'une longue suite de héros. Depuis ce temps, les progrès de la civilisation, l'accroissement du luxe et la corruption des mœurs, ont dû produire de grands changements dans la conduite des Nobles. Les longues guerres civiles et étrangères auxquelles ils ont pris part ; les pertes et les confiscations qui en ont été la suite, les ont forcés de violer la rigidité des anciennes coutumes. Des Souverains, des Princes, ont donné l'exemple d'alliances inégales qui ont été blâmées ou excusées en proportion de la sévérité ou du relâchement des mœurs du temps.

L'époque de la régence et la fin du règne de Louis XV, ont été principalement marquées par l'oubli des principes conservateurs de la Noblesse ; c'est alors qu'on a vu, non des bourgeois honnêtes, des négocians probes, mais des traitans mal famés, acheter l'honneur de s'allier aux familles les plus anciennes et les plus considérées. La Noblesse de province, généralement plus fière [1]) et plus jalouse de ses prérogatives que celle de la cour, dédaigna cette funeste manière d'acquérir des richesses. Aussi, elle conserva jusqu'à l'époque de nos troubles une considération et une influence que les principes révolutionnaires pouvaient seuls lui faire perdre. Elle se montra toujours prête à protéger le faible, à secourir

[1]) Sans vouloir offenser personne, je crois pouvoir dire que la Noblesse de cour est celle qui, malgré son urbanité, sa magnificence, et ses manières affables, a offert, en 1789, le plus d'aliment aux haines révolutionnaires, et que, depuis la restauration, c'est la Noblesse de province qui a encouru les reproches les plus amers et provoqué les animosités les plus vives. Si celle-ci a eu quelques torts réels à se reprocher, elle doit prendre pour modèles les grands seigneurs de Paris, dont la politesse et la modestie sont connues de tous ceux qui les approchent.

l'indigent, et à donner des exemples de vertu et de religion. C'est de son sein que l'on vit constamment sortir cette foule de braves officiers qui faisaient la force et la gloire de nos armées, ces magistrats intègres qui conservaient l'ancienne simplicité du barreau, et ce clergé subalterne, qui, pour n'être pas revêtu de la pourpre, n'en brillait pas moins par sa piété et son instruction.

Aujourd'hui, que la Noblesse est, pour ainsi dire, forcée de se reconstituer sur de nouvelles bases, il lui conviendrait peu de montrer de la répugnance à s'allier aux familles honorables de la bourgeoisie. Au contraire, elle doit, par ce moyen facile, chercher à se faire des appuis de ceux qu'elle aurait continuellement pour rivaux et pour détracteurs. J'exige seulement qu'elle fasse des choix dont elle ne puisse rougir. Quand l'amour enlace le prince et la bergère avec des liens de fleurs, on l'excuse sans peine, parce qu'on ne peut lui soupçonner des motifs intéressés; mais quand c'est Plutus qui forge des chaînes d'or pour unir des personnes d'une condition inégale, la malignité reprend ses droits, et c'est toujours celle des deux qui gagne le plus au traité, qui perd le plus dans l'opinion.

Si je voulais emprunter le langage des poëtes sacrés et profanes, je dirais : La lionne n'engendre point le chevreuil; l'aigle ne produit point les timides colombes; ainsi les races nobles et pures ne doivent enfanter que des héros et des êtres parfaits; mais ce principe, quoique vrai en général, souffre de nombreuses exceptions, surtout dans notre espèce. La nature nous étonne souvent par ses caprices; ainsi, les Guillaume [1]), les

[1]) Guillaume le conquérant, fils de Robert, duc de Normandie, et d'une simple bourgeoise de Falaise, nommée Arleite.

Dunois, les Vendôme et les Maurice ont dû le jour à des unions inégales et illégitimes; ainsi l'on peut voir encore de nobles rejetons sortir d'une tige peu élevée, et des masses de talens et de vertus découler d'une source inconnue.

Puisque la raison, d'accord avec la nécessité, prescrit à la Noblesse de se contenter, dans la société, d'une position inférieure à celle qu'elle y occupait jadis, elle doit se résigner de bonne grâce au rôle qui lui est imposé; cette résignation même finira par commander l'estime et le respect. Appuyée d'une main sur les trophées de Bouvines et de Fontenoi, et tenant de l'autre les palmes d'Hohenlinden et d'Aboukir, qu'elle se présente à ses détracteurs et leur dise : « C'est en vain que » vous voulez m'avilir, mes vertus sont à moi; mes » fautes et mes erreurs appartiennent au temps. Aujour- » d'hui, que l'expérience des siècles a détruit une » partie du prestige qui m'environnait, que des émules » dangereux s'élèvent dans toutes les classes de la so- » ciété, je redoublerai d'efforts pour conserver et ac- » croître mon illustration; je me souviendrai que j'eus le » bonheur de protéger la France à son berceau [1]); que » mes chevaliers illustrèrent son jeune âge [2]); que plus » tard, mes hommes d'état [3]), mes magistrats [4]) et mes

[1]) Voyez l'histoire de Charlemagne et des douze pairs de France.

[2]) Consultez l'Histoire des Croisades, et l'Histoire de France, aux articles Duguesclin, Clisson, Beaumanoir, Bayard, Crillon, etc., etc.

[3]) Suger, Georges d'Amboise, Sully, Richelieu, Colbert, Torcy, Montesquieu, etc., etc.

[4]) L'Hôpital, Séguier, Molé, Levoyer d'Argenson, d'Aguesseau, Lamoignon, Malesherbes, etc., etc.

» savans [1]) honorèrent son âge mûr, et qu'en tout temps,
» elle dut à mes guerriers [2]) son indépendance, son
» salut et sa gloire.

» Si de nouveaux services ont, un instant, fait oublier
» les miens, je ne veux point qu'ils les surpassent;
» avec l'aide de Dieu, je saurai désarmer l'envie à
» force de mérite, et vaincre la haine à force de
» vertus. »

FAITS

Annoncés à la page 2.

Les révolutionnaires voudraient persuader aux ignorants que les Nobles se sont montrés constamment ennemis de nos Rois et indifférens aux intérêts de l'Etat; cette assertion est suffisamment démentie par les faits suivans:

En 1302, Philippe-le-Bel perd la bataille de Courtrai. Quatre mille paires d'éperons dorés, suspendus par les vainqueurs dans leur principale église, attestent le courage et la perte immense de la Noblesse française.

En 1304, Pierre et Jacques de Gencien, gentilshommes de Paris, sauvent le Roi à la bataille de Mons-en-Puelle, en lui faisant le sacrifice de leur vie. Les d'Estaing et les Molac de Kercado, s'illustrent par des traits pareils envers deux autres de nos Rois.

En 1346, la funeste bataille de Crécy est livrée aux

[1]) Montaigne, Malherbe, Saci, la Rochefoucauld, la Bruyère, Fénélon, Buffon, Condorcet, Maupertuis, la Condamine, etc., etc.

[2]) Lahire, Xaintrailles, Boucicault, Lesdiguières, Biron, Condé, Turenne, Luxembourg, Villars, Boufflers, Tourville, Dugay-Trouin, Suffren, Lamotte Piquet, etc., etc.

Anglais; 2500 chevaliers, beaucoup de princes, de grands-officiers de la couronne y trouvent la mort.

En 1356, le Roi Jean perd la bataille de Poitiers; le résultat en est à peu près le même.

A Azincourt, où il s'agissait encore de défendre le Roi et la France contre les agressions des Anglais, la Noblesse laisse 9000 chevaliers et 120 seigneurs bannerets sur le champ de bataille.

A Verneuil, où les combattans sont bien moins nombreux, la Noblesse fait encore des pertes immenses.

Si l'on récapitule les guerres de la Terre Sainte, où les Nobles se faisaient un devoir d'accompagner et de défendre nos Rois, celles des Charles VII en France, de Louis XII et de François Ier en Italie, de Louis XIV en Allemagne; celles de la Succession en Espagne, de l'Indépendance en Amérique et dans l'Inde; puis les guerres de la Révolution en Egypte, en Prusse et en Russie, on sera convaincu qu'il n'existe pas une partie du globe où les Nobles, soit en corps, soit isolément, n'aient, en tout temps, versé leur sang pour le Roi et la Patrie.

Voici des traits de dévouement d'un autre genre :

En 1336, lorsque Philippe de Valois était obligé de soutenir une guerre opiniâtre contre les Flamands, les gentilshommes de Normandie, se rappelant ces temps héroïques où leurs ancêtres avaient subjugué l'Angleterre, proposèrent à Philippe de leur permettre de faire une descente dans ce royaume. L'armée devait être composée de 4000 hommes d'armes ¹), et de 40,000 fantassins. Le mémoire qu'ils présentèrent au Roi contenait tout le détail de cette entreprise; tout y était prévu

¹) Chaque homme d'armes était ordinairement accompagné de trois écuyers, et quelquefois de six.

et réglé : appointemens des hommes d'armes fixés à trente sous par jour, pour chaque chevalier ; quinze sous pour les bacheliers, et sept sous et demi pour les simples écuyers. Les Députés admis à Vincennes, à l'audience de Philippe, en furent parfaitement accueillis ; leurs offres furent agréées, mais des raisons que l'histoire n'explique point, firent négliger et ensuite oublier tout-à-fait cettegénéreuse résolution.

Lorsqu'en vertu du funeste traité de Bretigny, conclu en 1360, il fut question de mettre les Anglais en possession des villes et territoires qui leur avaient été cédés, les Lamarche, les Comminges, les Périgords, les Châtillons, les Carmings, les Pincornets, les Foix, les Armagnacs, les Albrets, etc., ne purent entendre sans frémir qu'ils allaient changer de maître. Ils protestèrent qu'ils aimaient mieux donner tous les ans la moitié de leurs biens, que d'être sujets du roi d'Angleterre. Le roi Jean gémissait dans le fond de son cœur, mais ses promesses l'obligeaient de renoncer malgré lui à de si fidèles vassaux ; il envoya Jacques de Bourbon pour amener les esprits à ce changement. « A la prière du » Roi de France et de son chier cousin, dit Froissard, » ils obéirent, mais ce fut bien ennuys. » Voyant qu'ils ne pouvaient éviter leur destinée, ils se soumirent, et voici leur dernière réponse au Roi : « Nous obéirons aux An- » glais des lèvres, mais nos cœurs ne s'en mouveront. »

En 1373, Jean de Monfort, vassal de la couronne de France, en sa qualité de duc de Bretagne, ayant conclu un traité avec Edouard, Roi d'Angleterre, et reçu garnison anglaise dans les villes de Quimper, Morlaix et Lesneven, toute la Noblesse se souleva. Avant de prendre cette résolution, elle avait déclaré avec franchise ses sentimens au Duc : « Chier Sire, lui dirent le » vicomte de Rohan et le sire de Laval, délégués par » elle, sitôt que nous pourrons apercevoir que vous » ferez partie pour le Roi d'Angleterre, nous vous re- » linquerons (abandonnerons), et mettrons hors de » Bretagne. »

En effet, le vicomte de Rohan surprit Vannes ; Laval se rendit maître de Rennes ; d'autres Seigneurs soumirent les villes de Dinan, de Dol, etc. Peu après, le fameux Duguesclin força le Duc à se retirer en Angleterre, et chassa les Anglais de la Bretagne, ainsi que de tout le royaume, excepté Calais. »

En 1421, vers la fin du malheureux règne de Charles VI, le Duc de Clarence, frère du Roi d'Angleterre, à la tête d'une armée formidable, vint mettre le siége devant Angers ; la prise de cette place ouvrait aux Anglais l'entrée du Poitou, de la Touraine et de l'Orléanais, que le Dauphin (depuis Charles VII), eût été forcé d'abandonner pour se réfugier aux extrémités de la France méridionale ; le Maréchal de la Fayette, Narbonne et Vantadour, aidés par toute la Noblesse de l'Anjou et du Maine, s'avancèrent jusqu'à Beaugé, où ils livrèrent une bataille sanglante au Duc de Clarence. Pendant le combat, Jean le Bouteiller lutta avec acharnement contre ce Prince, qu'il voulait faire prisonnier ; il le renversa même de cheval, mais il finit par être tué sur son corps. Le Maréchal de Buckam, plus heureux que le Bouteiller, tua le Duc de Clarence de sa propre main, et décida ainsi le gain de la bataille. Ce succès inespéré empêcha alors la ruine du royaume, que Jeanne d'Arc devait entièrement délivrer un peu plus tard.

IMPRIMERIE DE S

www.ingramcontent.com/pod-product-compliance
Ingram Content Group UK Ltd.
Pitfield, Milton Keynes, MK11 3LW, UK
UKHW020514230726
13925UKWH00005B/2159